Jonathan Livingston
le goéland

Richard Bach

Photographies de Russell Munson

Jonathan Livingston le goéland

Traduit de l'américain
par Pierre Clostermann

Texte intégral

Titre original
Jonathan Livingston Seagull

Cette édition est publiée par EJL
avec l'aimable autorisation des Éditions Flammarion
© Richard Bach, 1970
© Russell Munson, 1970
Pour la traduction française
© Flammarion, 1973

À ce Jonathan le Goéland
qui sommeille en chacun de nous.

Première partie

C'était le matin et l'or d'un soleil tout neuf tremblait sur les rides d'une mer paisible.

À une encablure du rivage, le bateau de pêche, relevant ses filets, invitait au petit déjeuner, et son appel transmis dans les airs attira mille goélands virevoltant et se disputant les débris de poisson.

Une nouvelle journée de labeur commençait ainsi.

Mais, seul, loin du bateau et du rivage, Jonathan Livingston le Goéland s'exerçait. À une trentaine de mètres d'altitude, il abaissait ses pattes palmées, relevait son bec et s'efforçait douloureusement d'imprimer à ses ailes une plus forte cambrure. Cette cambrure freinait son vol. Il se sentait ralentir jusqu'à ce que sur sa tête le vent ne fût plus qu'un léger souffle et que là en bas, sous lui, s'immobilise l'Océan. Les yeux à demi fermés, retenant sa respiration, se concentrant furieusement, il s'efforçait d'incurver ses ailes un peu plus... un peu plus encore... Puis la perte de vitesse ébouriffait ses plumes, il décrochait et tombait.

Les goélands, nous le savons tous, n'ont jamais la moindre défaillance en vol ; ils ne connaissent pas la perte de vitesse. Tomber des airs toute sustentation enfuie, c'est pour eux la honte, c'est pour eux le déshonneur.

Mais Jonathan Livingston le Goéland, sans la moindre vergogne, tordant à nouveau ses ailes, les cambrait en frémissant – ralentissant, ralentissant, pour s'effondrer encore en perte de vitesse...

Jonathan Livingston le Goéland n'était certes pas un oiseau ordinaire.

La plupart des goélands ne se soucient d'apprendre, en fait de technique de vol, que les rudiments, c'est-à-dire le moyen de quitter le rivage pour quêter leur pâture, puis de revenir s'y poser. Pour la majorité des goélands, ce n'est pas voler mais manger qui importe. Pour ce goéland-là cependant, l'important n'était pas de manger, mais de voler.

Jonathan Livingston le Goéland aimait par-dessus tout à voler.

Cette façon d'envisager les choses – il ne devait pas tarder à s'en apercevoir à ses dépens – n'est pas la bonne pour être populaire parmi les autres oiseaux du clan. Ses parents eux-mêmes étaient consternés de voir Jonathan passer des journées entières, solitaire, à effectuer des centaines de planés à basse altitude, à expérimenter toujours.

Il se demandait pourquoi, par exemple, lorsqu'il survolait l'eau à une hauteur de la moitié de son envergure, il pouvait demeurer en l'air plus longtemps à moindre effort. Ses planés ne

se terminaient pas par l'habituel éclaboussement que provoque sur la mer l'impact des pattes abaissées mais par un long sillage plat lorsqu'il touchait la surface, pattes escamotées. Quand il se mit, au milieu de la plage, à atterrir sur le ventre puis à mesurer à pas comptés la longueur de sa glissade sur le sable, ses parents furent vraiment plongés dans une véritable consternation.

– Mais Jon, lui demanda sa mère, pourquoi, mais pourquoi ? t'est-il donc si difficile, Jon, d'être comme tous les autres membres de la communauté ? Ne peux-tu pas laisser le vol en rase-mottes aux pélicans et aux albatros ? Pourquoi ne manges-tu pas ? Fiston, tu n'as plus que la plume et les os !

– Maman, cela m'est égal de n'avoir que la plume et les os. Ce que je veux, c'est savoir ce qu'il m'est possible et ce qu'il ne m'est pas possible de faire dans les airs, un point c'est tout. Et je ne désire pas autre chose.

– Voyons, Jonathan, lui dit non sans bienveillance son père, l'hiver n'est pas loin. Les bateaux vont se faire rares et les poissons de surface gagner les profondeurs. Si étudier est pour toi un tel besoin, alors étudie tout ce qui concerne notre nourriture et les façons de se la procurer. Ces questions d'aérodynamique, c'est très beau, mais nous ne vivons pas de vol plané. N'oublie jamais que la seule raison du vol, c'est de trouver à manger !

Jonathan, obéissant, acquiesça.

Durant les quelques jours suivants, Jonathan s'efforça de se comporter à l'instar des autres goélands. Il s'y efforça vraiment, criant et se battant avec ses congénères autour des quais et des bateaux de pêche, plongeant pour attraper des déchets de poisson et des croûtons de pain. Mais le cœur n'y était pas.

« Cela ne rime à rien, se disait-il, abandonnant délibérément un anchois durement gagné à un vieux goéland affamé qui lui donnait la chasse. Dire que je pourrais consacrer toutes ces heures à apprendre à voler. Il y a tant et tant à apprendre ! »

Il ne fallut donc pas longtemps à Jonathan le Goéland pour se retrouver à nouveau seul en pleine mer, occupé à apprendre, affamé mais heureux.

L'objet de son étude était maintenant la vitesse et, en une semaine d'entraînement, il apprit plus sur la vitesse que n'en savait le plus rapide des goélands vivants. Battant des ailes de toutes ses forces, à une hauteur de trois cents mètres il se retournait pour piquer à tombeau ouvert vers les vagues, et il comprit alors pourquoi les goélands s'abstiennent de s'engager dans des piqués prolongés. En moins de sept secondes il atteignait les cent dix kilomètres à l'heure, vitesse à laquelle les ailes des goélands deviennent instables. Et à chaque fois la même mésaventure lui advenait. Quelque soin qu'il prît à mettre en jeu dans cet exercice toutes ses facultés, il perdait aux vitesses élevées tout contrôle sur ses mouvements.

... Grimper à trois cents mètres. Accélérer d'abord à l'horizontale, tout droit, à pleine puissance de ses muscles, puis piquer par l'avant, ailes battantes, à la verticale... Alors invariablement son aile gauche décrochait au sommet d'un battement, il roulait brutalement vers la gauche puis, pour retrouver son équilibre, essayait de tendre l'aile droite, et c'était alors de ce côté que se déclenchait une vrille folle.

Il ne parvenait pas à maîtriser son coup d'aile ascendant. Dix fois il s'y essaya, et dix fois, à l'instant où il dépassait les cent dix kilomètres à l'heure, il perdait sa sustentation dans un éperdu désordre de plumes et allait s'abattre sur l'eau.

« La clé du problème, finit-il par penser en se séchant, doit résider dans la nécessité de garder les ailes immobiles aux grandes vitesses – c'est sans doute cela : battre des ailes jusqu'à quatre-vingt-dix puis les conserver immobiles ! »

Il monta à six cents mètres, il tenta encore une fois de s'engager sur le dos et de piquer à la verticale, bec tendu, ailes totalement déployées et raidies à partir de l'instant où il dépassait quatre-vingts kilomètres à l'heure. Cela exigeait

un terrible effort qui fut couronné de succès. En dix secondes Jonathan dépassa les cent trente-cinq kilomètres à l'heure, établissant ainsi un record mondial de vitesse pour goélands.

Mais bien court fut son triomphe. À l'instant où il amorçait sa ressource*, quand il voulut modifier l'angle d'attaque de ses ailes, il fut victime du même incontrôlable et terrible désastre que précédemment mais, cette fois, à cent trente-cinq kilomètres à l'heure, cela fit sur lui l'effet de la dynamite. Jonathan le Goéland s'écartela littéralement au milieu des airs et s'écrasa sur une mer dure comme pierre.

Lorsqu'il revint à lui, la nuit était depuis longtemps tombée et, au clair de lune, il flottait à la surface de l'Océan. Ses ailes dépenaillées étaient de plomb mais l'échec lui pesait davantage encore. Sans forces, il souhaitait que leur poids fût suffisant pour l'entraîner doucement vers le fond et pour qu'ainsi tout fût consommé.

Tandis qu'il sombrait, une étrange voix profonde parlait en lui.

« Il n'y a pas d'illusions à me faire, je suis un goéland. De par ma nature un être borné. Si j'étais fait pour apprendre tant de choses sur le vol, j'aurais des cartes marines en guise de cervelle. Si j'étais fait pour voler à grande vitesse, j'aurais les ailes courtes du faucon et je me nourrirais de souris et non pas de poisson. Mon père avait raison. Il me faut oublier toutes ces folies. Je dois à tire-d'aile revenir chez moi, vers ceux

---

* La « ressource » consiste à ramener un avion en vol horizontal après un piqué prolongé.

de ma race, et me contenter d'être ce que je suis, c'est-à-dire un pauvre goéland borné. »

La voix se tut et Jonathan approuva. La place d'un goéland, la nuit, est sur le rivage et il jura que désormais il serait un goéland comme les autres. Tout le monde s'en trouverait mieux d'ailleurs.

Péniblement, il parvint à décoller de l'eau noire et il se dirigea vers la terre, bien heureux alors de ce qu'il avait appris sur l'art d'économiser ses forces en planant à basse altitude.

« Eh bien, oui, pensa-t-il, j'en ai assez de tout ce que j'ai appris. Je suis un goéland comme tous les autres goélands et je me contenterai de voler comme vole n'importe lequel d'entre eux. »

Et dans sa hâte à gagner le rivage, il se mit à battre des ailes avec énergie, se hissant non sans peine à une trentaine de mètres.

D'avoir décidé de redevenir l'un quelconque des membres de la communauté, il se sentit réconforté. Il combattrait désormais cette force qui le poussait à apprendre. Il n'y aurait plus de défi et donc plus d'échec. Il était plaisant de ne plus penser, enfin, et de voler ainsi dans le noir, vers les lumières de la plage !

«*Le noir !* La voix en lui s'étrangla. *Les goélands jamais ne volent dans le noir !*»

Mais Jonathan ne l'entendit pas. Tout était si beau – la lune là-haut, les lumières se reflétant sur l'eau, allumant dans la nuit comme des faisceaux de phares montrant la route. Tout était tellement paisible et silencieux...

« Hé ! Veux-tu descendre ! Ne sais-tu pas que les goélands ne volent jamais dans le noir ? Si tu

étais fait pour voler dans le noir, tu aurais les yeux de la chouette ! Tu aurais des cartes marines en guise de cervelle ! Tu aurais les ailes courtes du faucon ! »

Et soudain, là, dans la nuit, à trente mètres de la surface des flots, Jonathan Livingston le Goéland sursauta – sa souffrance était oubliée, ses sages résolutions s'évanouirent.

« *Évidemment !* Des ailes courtes ! *Des ailes courtes de faucon !*

« Voilà la solution ! J'étais stupide ! Tout ce dont j'ai besoin c'est d'une aile minuscule. Tout ce qu'il me faut faire c'est replier la plus grande partie de mes ailes et ne voler qu'avec l'aide des seules extrémités.

« *Des ailes courtes !* »

Il se hissa derechef à six cents mètres au-dessus de l'Océan sombre et, sans se laisser arrêter un seul instant par l'éventualité d'un échec ou même de la mort, il plaqua, serrée, contre son corps, la partie antérieure de ses ailes, n'opposant à l'air que la mince lame de ses rémiges, et piqua à la verticale vers les flots.

Le mugissement du vent devint monstrueux dans ses oreilles. Cent cinq, cent quarante-cinq, cent quatre-vingts kilomètres à l'heure, et toujours plus vite... La poussée du vent sur sa voilure* à deux cents kilomètres à l'heure était maintenant bien moindre qu'elle ne l'avait été à cent cinq. Une minime torsion des extrémités de ses ailes lui permit de redresser à l'horizontale, volant au ras des vagues tel un gris boulet de canon sous la clarté de la lune.

---

* Terme d'usage pour les ailes.

Les paupières presque closes, les yeux réduits à deux fentes pour se protéger du vent, il se réjouit. « Deux cents kilomètres à l'heure ! Et tout bien contrôlé ! Alors, si je pique de quinze cents mètres au lieu de six cents, je me demande quelle allure... »

Ses promesses d'un instant étaient oubliées, balayées par le grand vent de la vitesse. Il n'éprouvait aucun remords à se renier. De telles promesses étaient bonnes pour les goélands qui se contentent de la médiocrité. Lui qui a frôlé, qui a entrevu la perfection peut se dispenser de les tenir !

Quand le jour se leva, Jonathan le Goéland s'entraînait encore. Vues des quinze cents mètres d'altitude où il évoluait, les barques de pêche n'étaient que des copeaux de bois posés sur l'eau plate et bleue, et le vol des goélands en quête du petit déjeuner qu'un tourbillon de poussière dans un rayon de soleil.

Il vivait, frémissant de bonheur, fier de dominer sa peur ! Alors, sans autre forme de procès, il plaqua encore une fois contre lui la partie antérieure de ses ailes, déploya les courtes et tranchantes extrémités de sa voilure et piqua droit vers la mer. À l'instant où il dépassait en chute libre les douze cents mètres, il avait déjà atteint sa vitesse limite, le vent devenant alors une sorte de mur contre lequel il butait. Il fonçait à trois cent soixante kilomètres à l'heure. Il avala sa salive, sachant que si ses ailes se dépliaient à pareille vitesse il éclaterait en mille petits morceaux de goéland. Mais la vitesse c'était la puissance, la vitesse était joie et la vitesse était beauté pure !

À trois cents mètres au-dessus du niveau de la mer, il amorça sa ressource. Ses bouts de plans vibrèrent, sonores, dans le vent formidable tandis que le bateau et la volée de goélands basculaient, se ruant vers lui à la vitesse des météores, dans l'axe de sa trajectoire. Il ne pouvait plus freiner. Il ne savait même pas comment virer à pareille vitesse. Une collision et ce serait la mort sans phrases.

Il ferma les yeux...

C'est ainsi que ce matin-là, tout juste après le lever du soleil, Jonathan Livingston le Goéland fonça, les yeux fermés, à la vitesse de trois cent quatre-vingts kilomètres à l'heure, les plumes sifflant au vent, au beau milieu du vol de la tribu en quête du petit déjeuner. Le Goéland de la chance, une fois de plus, lui sourit et nul n'en mourut.

Le temps de relever son bec droit vers le ciel et il montait encore à cent quarante kilomètres à l'heure. Lorsqu'il eut ralenti à trente et qu'il put enfin redéployer ses ailes, le bateau, à douze cents mètres au-dessous de lui, n'était qu'une miette de pain flottant sur la mer...

Ses pensées étaient triomphales. « La vitesse limite ! Un goéland volant à trois cent soixante kilomètres à l'heure ! Quel exploit ! Quelle percée vers l'avenir ! »

C'était sans nul doute le plus grand événement de l'histoire de la communauté des goélands ! Et dès lors une ère nouvelle s'ouvrirait pour Jonathan le Goéland !

Revenu à sa zone solitaire d'entraînement, il replia ses ailes pour repartir en piqué d'une hauteur de deux mille quatre cents mètres et se mit immédiatement à chercher comment virer.

Une seule rémige, découvrit-il, déplacée d'une fraction de centimètre lors d'un vol à très grande vitesse, permettait un virage souple et majestueux. Avant toutefois de le constater, il remarqua qu'aux vitesses extrêmes plusieurs plumes dressées simultanément le faisaient tournoyer comme une balle de fusil... Jonathan venait de réussir la première acrobatie aérienne de toute l'histoire terrestre des goélands.

Il ne perdit pas son temps, ce jour-là, à causer avec les autres goélands, mais il vola bien après le coucher du soleil. Il découvrit le looping, le tonneau lent, le tonneau à facettes, la vrille inversée, la cabriole de la mouette, la roue.

Lorsque Jonathan le Goéland rejoignit les siens sur le rivage, il faisait nuit noire. Il éprouvait des vertiges et il était terriblement las. Malgré cela, dans sa joie, il effectua à l'atterrissage un dernier looping suivi d'un tonneau déclenché, juste avant de se poser.

Quand ils apprendraient ce qu'il avait réalisé, les exploits qu'il avait accomplis, pensait-il, les goélands seraient fous de joie. Combien désormais les perspectives de leur vie allaient s'étendre ! Au lieu du terne labeur consistant à aller et venir entre les bateaux de pêche et le rivage, il allait y avoir pour eux une raison de vivre ! Désormais ils pourraient sortir de leur ignorance, se révéler des créatures pleines de noblesse, d'habileté et d'intelligence. Être libres !

Apprendre à voler ! *Apprendre à voler !*

Les années à venir vrombissaient et rayonnaient de promesses...

Au moment où il atterrit, les goélands étaient assemblés en Grand Conseil et, semblait-il, se tenaient ainsi depuis un certain temps. En fait, ils l'attendaient.

– Jonathan Livingston le Goéland ! Veuille te placer debout au centre de l'Assemblée !

La voix de l'Ancien, alors qu'il clamait ces paroles, était hautement cérémonieuse. Être invité à se tenir debout au centre de l'Assemblée ne pouvait signifier que grande honte, ou grand honneur. Le Cercle de l'Honneur était, pour les goélands, le mode traditionnel pour désigner les chefs de rang élevé.

« Bien sûr, se dit-il, c'est la volée de goélands que j'ai rencontrés ce matin, qui ont assisté au grand exploit et l'ont raconté ! Mais je ne veux aucun honneur, je n'ai aucune envie de devenir un chef, je veux seulement partager ma découverte, montrer ces horizons qui s'ouvrent à nous. »

Il s'avança.

– Jonathan Livingston le Goéland, dit l'Ancien, tiens-toi debout en signe de honte au centre de l'Assemblée, bien en vue de tous les goélands tes semblables !

Ce fut comme si on l'eût frappé d'un coup de massue. Ses pattes flageolèrent, ses plumes retombèrent, un grand bruit lui emplit les oreilles. Placé au centre en signe de honte ? Impossible ! Et le grand exploit ? Ils ne comprennent rien ! Ils commettent une erreur, une terrible erreur !

– ... pour sa totale absence de sens des responsabilités, continuait la voix pompeuse, ... l'amenant à bafouer la traditionnelle dignité de la famille des goélands...

Être placé au centre en signe de honte, cela voulait dire qu'il allait être mis au ban de la société des goélands, exilé, condamné à mener une vie solitaire sur les Falaises lointaines.

– ... un jour, Jonathan Livingston le Goéland, tu apprendras que l'irresponsabilité ne paie pas. La vie, c'est peut-être pour toi l'inconnu et l'insondable, mais nous, nous sommes mis au monde pour manger et demeurer vivants aussi longtemps que possible !

Un goéland jamais ne réplique au Grand Conseil ; pourtant la voix de Jonathan s'éleva :

– Irresponsabilité ? Mes frères ! s'écria-t-il, qui donc est plus responsable que le goéland qui découvre un sens plus noble à la vie et poursuit un plus haut dessein que ceux qui l'ont précédé ? Mille années durant, nous avons joué des ailes et du bec pour ramasser des têtes de poisson, mais désormais nous avons une raison de vivre : apprendre, découvrir, être libres ! Offrez-moi seulement une chance de vous convaincre, laissez-moi vous montrer ce que j'ai découvert...

Ce fut comme si Jonathan eût parlé à des pierres.

– La fraternité est rompue, entonnèrent en chœur les goélands, et unanimement, faisant solennellement la sourde oreille, ils tournèrent le dos à Jonathan.

Jonathan le Goéland s'en alla passer, bien au-delà des Falaises lointaines, solitaire, le reste de ses jours. Son unique chagrin, il ne le devait pas à la solitude, mais au fait que les autres goélands ne voulaient pas croire à la gloire du vol, au fait qu'ils se refusaient à ouvrir les yeux et à voir !

Lui, il en savait chaque jour davantage. Il apprit qu'un piqué vertical à grande vitesse pouvait l'amener à découvrir les rares et savoureux poissons qui nagent à trois mètres au-dessous de la surface de l'Océan. Pour survivre, il n'avait plus besoin des bateaux de pêche et de leur pain rassis. Il apprit à dormir dans les airs. Il prenait un cap à la tombée de la nuit, par le travers du vent de terre, et pouvait, entre le crépuscule et l'aube, parcourir quelque cent cinquante kilomètres. Sans se départir d'une complète maîtrise de soi, il traversait en grimpant à tire-d'aile les épais brouillards marins, les survolait en des cieux baignés d'une éblouissante clarté, alors que tous les autres goélands restaient cloués au sol dans la brume et la pluie. Il apprit à se laisser porter par les vents ascendants bien loin vers l'intérieur des terres où il pouvait se repaître de délicats insectes.

Ce qu'il avait autrefois souhaité pour la communauté, il le conquérait maintenant pour lui seul. Il apprenait à voler et ne trouvait pas trop élevé le prix payé. Jonathan le Goéland comprit que l'ennui, la peur et la colère sont les raisons pour lesquelles la vie des goélands est si brève et, comme il les avait chassés de ses pensées, il vivait pleinement une existence prolongée et belle.

C'est un soir qu'ils arrivèrent, rencontrant Jonathan qui planait, serein et solitaire, dans son ciel bien-aimé. Les deux goélands qui apparurent à toucher ses ailes étaient purs comme la lumière des étoiles, et l'aura qui émanait d'eux, dans l'air de la nuit profonde, était douce et amicale. Mais plus merveilleuse que tout au monde était la grâce avec laquelle ils volaient, leurs rémiges ramant avec précision et régularité à trois centimètres des siennes.

Sans mot dire, Jonathan voulut les éprouver – et cette épreuve, aucun goéland ne l'avait jamais passée. Il cambra ses ailes, ralentissant jusqu'à la limite de la perte de vitesse – les deux oiseaux radieux ralentirent avec lui, en souplesse, ailes encastrées dans les siennes. Ils n'ignoraient donc rien du vol lent.

Il replia alors ses ailes, et partit en piqué à deux cents kilomètres à l'heure – ils piquèrent avec lui en formation impeccable.

Finalement, il convertit la vitesse de sa chute libre en une chandelle qui lui permit d'enrouler un long tonneau lent vertical – ils exécutèrent le tonneau avec lui en se jouant...

Jonathan se remit à voler en palier, demeurant un bon moment silencieux.

– Fort bien, dit-il enfin. Qui êtes-vous ?

– Nous sommes les tiens, Jonathan, nous sommes tes frères, répondirent-ils avec assurance et calme. Nous sommes venus te chercher pour te mener plus haut encore, pour te guider vers ta patrie.

– De patrie, je n'en ai point. Les miens, je les ignore. Je suis un exclu. Tenez, vous voyez bien, nous volons à la crête des grandes ondes de la montagne. Encore quelques dizaines de mètres d'altitude et il me faudra renoncer à hisser plus haut ma vieille carcasse.

– Mais non, Jonathan, tu peux t'élever davantage encore, car tu as voulu apprendre. Ton apprentissage élémentaire est terminé et il est temps pour toi de passer à une autre école.

Jonathan le Goéland avait eu l'intuition, toute sa vie durant, qu'un jour elle s'illuminerait de cet instant unique. Oui, ils avaient raison ! Il volerait ainsi plus haut encore et le moment était bien venu pour lui d'aller vivre en sa vraie patrie.

Longuement il promena un ultime regard sur les cieux, sur cette magnifique terre argentée où il avait appris tant de choses.

– Je suis prêt, dit-il enfin.

Et Jonathan Livingston le Goéland, accompagnant les deux goélands-étoiles, s'enleva pour disparaître avec eux dans le ciel d'un noir absolu.

Deuxième partie

« C'est donc cela, le paradis », pensa Jonathan, et il ne put s'empêcher de sourire intérieurement. Il était sans doute assez irrespectueux d'analyser le paradis au moment même où il y était conduit.

Comme il s'élevait de la terre, montant dans les nuages en formation serrée avec les deux oiseaux brillants, il constata que son propre corps devenait aussi radieux que les leurs. Et pourtant, le jeune Jonathan le Goéland, qui avait vécu derrière ses yeux dorés, était toujours présent, car seule son enveloppe extérieure changeait.

Il se sentait toujours un vrai goéland, mais déjà il volait beaucoup mieux que son ancien corps n'avait jamais volé. « Oui, pensa-t-il, je suis persuadé qu'avec un effort moindre je pourrais doubler ma vitesse et accomplir des performances deux fois supérieures à celles réalisées lors de mes plus beaux jours terrestres ! »

Ses plumes étaient désormais d'une éclatante blancheur et ses ailes lisses et parfaites comme des voiles d'argent poli. Heureux, il se mit à étu-

dier leurs réactions afin d'en utiliser au mieux les forces nouvelles.

À trois cent quatre-vingts kilomètres à l'heure, il sentit qu'il approchait de la vitesse maximale de son vol en palier. À quatre cents, il estima qu'il était impossible d'aller plus vite. Il en fut un peu chagrin. Il y avait donc une limite à ce que son nouveau corps pouvait accomplir et, bien que son ancien record fût pulvérisé, il était tout de même une frontière qu'il ne ferait reculer que moyennant un grand effort. « C'est injuste, pensa-t-il, il ne devrait pas y avoir de telles limites au paradis. »

Les nuages s'entrouvrirent, les goélands qui l'escortaient lui crièrent : « Bon atterrissage, Jonathan ! » et s'évanouirent dans l'espace.

Il vit qu'il survolait la mer vers un rivage tourmenté. Une poignée de goélands s'y exerçaient à utiliser les courants ascendants engendrés par les falaises. Bien loin, au nord, à la limite de l'horizon, quelques autres de ses congénères volaient. Spectacles nouveaux, nouvelles pensées – les questions se pressaient dans sa tête. « Pourquoi ces goélands sont-ils en si petit nombre alors que le ciel devrait en être rempli ? Et pourquoi suis-je tout à coup si las ? Comment m'imaginer que les goélands au paradis puissent être las ou avoir envie de dormir ? »

Où avait-il entendu cela ? Les souvenirs de la vie qu'il avait menée sur terre se détachaient de lui par lambeaux. La terre avait été un lieu où il avait beaucoup appris, bien sûr, mais les détails s'en effaçaient. Il y était vaguement question d'oiseaux se disputant leur pâture, et aussi de sa condition d'exclu...

Des goélands, au nombre d'une douzaine, qui se trouvaient près du rivage, vinrent à sa rencontre. Sans que nul d'entre eux ne dît mot, il comprit qu'il était le bienvenu et qu'il était désormais chez lui. Cela avait été une bien longue journée, une journée dont, déjà, il oubliait l'aurore.

Il vira pour atterrir sur la plage, battant des ailes afin de demeurer stationnaire à trois centimètres du sol, se laissant choir ensuite légèrement sur le sable. Les autres goélands se posèrent eux aussi mais sans qu'aucun n'agitât la moindre plume. Ailes brillantes déployées, ils se laissaient porter par le vent puis cambraient leurs pennes et s'immobilisaient à l'instant même où leurs pattes touchaient le sol. C'était étonnant d'assurance mais pour l'instant Jonathan, muet, trop las pour essayer de les imiter, dormait déjà paisiblement sur la plage.

Dans les jours qui suivirent, Jonathan comprit qu'en ces lieux il y avait encore autant à apprendre sur le vol que dans l'existence dont il avait pris congé. Avec, toutefois, une différence. Les goélands d'ici partageaient sa façon de penser. Pour chacun d'eux, l'important était de voler et d'atteindre la perfection dans ce qu'ils aimaient le plus : voler. Ils étaient tous de magnifiques oiseaux et, heure par heure, chaque jour, ils s'exerçaient en vol aux techniques aériennes les plus avancées.

Longtemps Jonathan oublia le monde d'où il était venu, où les siens vivaient, aveugles aux joies du vol, ne se servant de leurs ailes qu'aux fins de trouver et de se disputer la nourriture. Puis, un jour, les souvenirs remontèrent un court instant à sa mémoire.

Ce fut un matin où il était parti avec son moniteur, cependant qu'ils faisaient tous deux, ailes repliées, une pause sur la plage après une séance de tonneaux déclenchés.

– Sullivan, que sont-ils devenus ? interrogea-t-il silencieusement, habitué désormais à la facile télépathie qui pour eux remplaçait les sons rauques et criards des goélands terrestres. Pourquoi ne sommes-nous pas ici plus nombreux ? Dans l'univers d'où je viens, ils étaient...

– ... des milliers et des milliers de goélands ? Je le sais.

Sullivan hocha la tête.

– La seule réponse que je puisse te faire, Jonathan, c'est que je n'ai jamais rencontré, sur un million d'oiseaux, un seul qui fût semblable à toi. Pour la plupart nous progressons si lentement ! Nous passons d'un monde dans un autre qui lui est presque identique, oubliant sur-le-champ d'où nous venons, peu soucieux de comprendre vers quoi nous sommes conduits, ne vivant que pour l'instant présent. As-tu idée du nombre de vies qu'il nous aura fallu vivre avant que de soupçonner qu'il puisse y avoir mieux à faire dans l'existence que manger, ou se battre, ou bien conquérir le pouvoir aux dépens de la communauté ? Mille vies, Jon, dix mille ! et cent autres vies ensuite avant que nous ne commencions à comprendre qu'il existe une chose qui se nomme perfection, et cent autres encore pour admettre que notre seule raison de vivre est de dégager cette perfection et de la proclamer. Cette règle est toujours valable pour nous, bien sûr, car nous ne choisissons le prochain monde où nous vivrons qu'en fonction de ce que nous apprenons dans celui-ci. N'apprenons rien et le prochain monde sera identique, avec les mêmes poids morts à soulever, les mêmes interdits à combattre...

Il déploya ses ailes et se tourna face au vent.

– Mais toi, Jon, tu en as tant appris en une seule vie que tu n'as pas eu à voyager au travers de mille vies avant d'atteindre celle-ci.

Un instant plus tard, il reprit l'air pour s'entraîner. Les tonneaux à facettes, en formation, étaient d'une exécution difficile car, durant une partie de la figure, Jonathan, la tête en bas, devait penser à inverser la cambrure de son aile et la retourner en harmonie parfaite avec celle de son moniteur.

– Essayons encore une fois, disait Sullivan, inlassable. Essayons encore.

Puis finalement : « Bien ! »

Et ils passèrent aux loopings à l'envers.

Un soir que les goélands qui n'étaient pas de vol de nuit se tenaient assemblés sur le sable, méditant, Jonathan s'arma de courage et s'avança vers l'Ancien des goélands qui, disait-on, devait bientôt quitter leur monde.

– Chiang..., murmura-t-il un peu nerveusement.

Le vieux goéland le regarda avec bonté.

– Oui, mon fils ?

Au lieu d'affaiblir l'Ancien, l'âge avait accru sa puissance ; il pouvait, en vol, surclasser tous les autres goélands de la communauté et il avait acquis la parfaite maîtrise de domaines où les autres n'osaient s'aventurer qu'à petits pas.

– Chiang, n'est-il pas vrai que ce monde-ci n'a rien à voir avec le paradis ?

La lune éclaira le sourire de l'Ancien.

– Ah ! Tu as découvert cela tout seul, Jonathan le Goéland ?

– Je le crois, mais alors quoi ? Où allons-nous ? Existe-t-il, ce lieu que l'on nomme le paradis ?

– Non, Jon, il n'existe rien de tel. Le paradis n'est pas un espace et ce n'est pas non plus une durée dans le temps. Le paradis, c'est simplement d'être soi-même parfait.

Il demeura un moment silencieux et ajouta :

– Tu es, n'est-il pas vrai, un oiseau très rapide ?

– J'... aime la vitesse, balbutia Jonathan, interloqué mais fier de ce que l'Ancien l'eût remarqué.

– Sois persuadé, Jonathan, que tu commenceras à toucher au paradis à l'instant même où tu accéderas à la vitesse absolue. Et cela ne veut pas dire au moment où tu voleras à quinze cents kilomètres à l'heure ou à quinze cent mille kilomètres à l'heure, ou même à la vitesse de la lumière. Car tout nombre nous limite et la perfection n'a pas de bornes. La vitesse absolue, mon enfant, c'est l'omniprésence.

Sans avertissement, Chiang disparut pour simultanément apparaître à une quinzaine de mètres de distance, puis il s'éclipsa à nouveau et dans le même milliardième de seconde il était déjà là, revenu à toucher l'épaule de Jonathan...

– Tu verras, cela peut être assez drôle.

Jonathan fut si éberlué de ce qu'il venait de voir qu'il en oublia de poser ses questions à propos du paradis.

– Comment faites-vous cela ? Quel effet cela vous fait-il ? Jusqu'où pouvez-vous aller ?

– Tu dois pouvoir te rendre en tout endroit existant à tout moment où tu souhaites y aller, répondit l'Ancien. J'ai voyagé vers tous les pays

et en toutes les époques auxquels j'étais capable de penser.

Il parcourut des yeux l'étendue des flots.

– C'est étrange. Les goélands qui, par amour du voyage, méprisent la perfection ne vont, lentement, nulle part. Ceux qui, par amour de la perfection, oublient le voyage peuvent instantanément aller n'importe où. Souviens-toi, Jonathan, le paradis n'est ni un lieu, ni un instant, car instant et lieu sont des notions totalement dénuées de sens. Le paradis, c'est...

Devant la perspective de conquérir de nouveaux fragments d'inconnu, Jonathan le Goéland frémissait déjà d'impatience.

– Pouvez-vous m'enseigner à voler comme cela ?

– Bien sûr, si tel est ton désir.

– Oui, je le veux. Quand pouvons-nous commencer ?

– À l'instant, si cela te fait plaisir.

– Oui, je veux apprendre à voler comme cela, dit Jonathan, et une étrange lueur brillait dans son regard. Dites-moi ce qu'il faut faire.

Chiang parla alors lentement tout en observant son cadet.

– Pour voler à la vitesse de la pensée vers tout lieu existant, dit-il, il te faut commencer par être convaincu que tu es déjà arrivé à destination...

Selon Chiang, la bonne méthode pour Jonathan consistait à cesser de se considérer lui-même comme pris au piège d'un corps limité par les trois dimensions, ayant une envergure d'un mètre sept centimètres et dont les déplacements pouvaient être tracés sur un planisphère.

Le secret de Chiang ne pouvait résider que dans la conviction absolue que son être, aussi parfait qu'un nombre imaginé et pas encore transcrit en chiffres, était partout présent dans la durée et dans l'espace.

Jour après jour, Jonathan s'efforça farouchement d'accéder à cet état, de l'aurore naissante à minuit passé, mais en dépit de tous ses efforts il ne progressa pas de l'épaisseur d'un duvet.

– Oublie la foi ! lui répétait Chiang sans cesse. Tu n'as eu nul besoin d'avoir la foi pour voler, tout ce qu'il t'a fallu, c'est comprendre le vol, ce qui d'ailleurs signifie exactement la même chose. Va, essaie encore...

... Un beau jour, posé sur le rivage, Jonathan fermant les yeux et se concentrant eut la révélation subite de ce que Chiang voulait dire. « Mais oui, c'est vrai ! Je suis un goéland parfait et sans limites ! » Il en ressentit un grand choc joyeux.

– Bravo ! dit Chiang, triomphant.

Quand Jonathan ouvrit les yeux, il se retrouva seul avec l'Ancien sur un rivage différent – un rivage où les arbres poussaient jusqu'au bord des flots, sous un ciel où gravitaient, jaunes, deux soleils jumeaux.

– Tu as enfin saisi le principe, dit Chiang, mais tu verras que la maîtrise totale demande plus de travail...

Jonathan était stupéfait.

– Où sommes-nous ? demanda-t-il.

Sans se laisser impressionner le moins du monde par l'étrange environnement, l'Ancien balaya d'un geste la question de son disciple.

– Bah ! Nous sommes, de toute évidence, sur quelque planète dont le ciel est vert et à laquelle une étoile double tient lieu de Soleil.

Jonathan poussa un cri de victoire qui était aussi le premier son émis par lui depuis qu'il avait quitté la Terre.

– Ça marche ! *Ça marche !*

– Oui, bien sûr, ça marche, Jon, dit Chiang. Ça marche toujours lorsqu'on sait ce qu'on fait. Et maintenant, voici comment te contrôler totalement...

À leur retour, il faisait nuit. Les autres goélands fixaient respectueusement Jonathan de leurs yeux d'or car ils l'avaient vu disparaître de l'endroit où il était resté si longtemps immobile.

Il ne supporta pas plus d'une minute leurs félicitations.

– Je suis ici le nouveau venu ! Je suis un débutant ! C'est moi qui ai tant à apprendre de vous !

– Je me le demande, Jon, dit Sullivan qui se tenait près de lui. Apprendre te fait moins peur qu'à aucun des goélands que j'ai rencontrés depuis mille ans.

Le silence tomba sur le petit groupe. Jonathan, embarrassé, se dandinait d'une patte sur l'autre.

– Nous pouvons désormais, si tu le désires, nous mettre à travailler sur la durée, dit Chiang, jusqu'à ce que tu sois capable de survoler le passé et l'avenir, et c'est alors que tu seras prêt à entreprendre le plus difficile, le plus puissant, le plus merveilleux de tous les exercices. Tu seras prêt à prendre ton vol pour aller là-haut connaître le sens de la bonté et de l'amour...

Un mois – ou quelque période qui lui donna l'impression de correspondre à la durée d'un mois – passa et Jonathan apprenait avec une effarante célérité. Il avait toujours tiré très vite la leçon des faits et maintenant, devenu le disciple attitré de l'Ancien en personne, il assimilait les notions nouvelles comme l'eût fait un ordinateur ailé.

Vint alors le jour où Chiang disparut. Il conversait tranquillement avec eux tous, les exhortant à ne jamais mettre fin à leur poursuite de la connaissance, à leur entraînement phy-sique, à leurs efforts en vue de comprendre le principe invisible de toute vie parfaite. Alors qu'il parlait, ses plumes devinrent de plus en plus étincelantes jusqu'à ce que tous les goé-lands eussent baissé les yeux tant ils étaient éblouis.

– Jonathan – et ce furent là ses dernières paroles –, continue à étudier l'Amour !

Lorsque les goélands purent à nouveau ouvrir les yeux, Chiang avait disparu.

Au fil des jours, Jonathan se surprenait de plus en plus à penser à la Terre d'où il était venu. S'il avait connu alors la dixième, la centième partie de ce qu'il savait ici, combien sa vie s'en serait trouvée enrichie ! Il demeurait posé sur le sable, se demandant s'il n'y avait pas quelque part là-bas un goéland luttant pour échapper à la servitude, entrevoyant lui aussi dans le vol autre chose qu'un moyen de locomotion permettant d'aller ramasser un croûton de pain jeté d'une barque. Peut-être même y en avait-il un autre, réduit à la condition d'exclu pour avoir proclamé sa vérité face au clan.

Plus Jonathan apprenait à pratiquer la bonté, plus il s'appliquait à comprendre la nature de l'amour, plus profond était son besoin de retourner sur la Terre. Car, en dépit de son passé solitaire, Jonathan le Goéland était un apôtre-né et, pour lui, démontrer l'Amour, c'était transmettre à un goéland trébuchant dans la solitude, à la recherche de la vérité, un peu de cette vérité que lui, Jonathan, avait découverte.

Son ami Sullivan, désormais adepte du vol à la vitesse de la pensée et partisan, lui aussi, de l'aide à autrui, se montrait sceptique.

– Jon, tu as été jadis banni. Pourquoi crois-tu que l'un quelconque des goélands que tu as autrefois connus t'écouterait à présent ? Tu connais le proverbe et il est véridique : *Le goéland voit le plus loin qui vole le plus haut.* Les goélands du pays d'où tu viens restent accrochés au sol à pousser des cris rauques et à se battre entre eux. Ils sont à mille lieues du paradis et tu espères pouvoir leur en montrer le chemin ? Jon, ils ne voient pas plus loin que le bout de leurs propres ailes ! Reste avec nous, aide nos petits nouveaux. Ils sont les seuls goélands à planer assez haut pour comprendre ce que tu as à leur dire...

Il se tut un instant avant d'ajouter :

– Qu'aurais-tu dit si Chiang s'en était retourné vers ses anciens mondes à lui ? Où en serais-tu aujourd'hui ?

Cet ultime argument porta. Sullivan avait raison. *Le goéland voit le plus loin qui vole le plus haut.*

Jonathan demeura donc à travailler avec les oiseaux nouveau venus, tous très intelligents et prompts à assimiler l'enseignement qu'il leur dispensait. Mais la nostalgie qu'il avait éprouvée lui revenait souvent et il ne pouvait s'empêcher de songer qu'il y avait peut-être là-bas, sur la Terre, un ou deux goélands capables eux aussi d'apprendre. Combien plus savant eût-il été à présent si Chiang était venu à lui le jour même de son bannissement !

– Sully, je dois m'en retourner, finit-il par dire un jour. Tes élèves font merveille, ils peuvent t'aider à perfectionner les nouveaux venus.

Sullivan soupira mais s'abstint de discuter.

– Je crois, Jonathan, que tu me manqueras...

– Sully, n'as-tu pas honte ! lui reprocha amicalement Jonathan. Soyons sérieux ! Qu'essayons-nous d'atteindre chaque jour ? Si notre amitié ne dépend que de notions telles que l'espace et le temps, alors, quand finalement nous aurons transcendé l'espace et le temps, notre fraternelle amitié sera détruite ! Si c'est ainsi que nous concevons l'espace, tout en nous sera limité. Si nous concevons ainsi le temps, seul nous restera l'instant présent. N'es-tu pas convaincu que nous pourrons nous rencontrer quand même une fois ou deux dans le temps et dans l'espace ?

Sullivan le Goéland ne put s'empêcher de rire.

– Fol oiseau que tu es, fit-il gentiment. Si quelqu'un s'avère un jour capable de montrer à un goéland posé sur le sol comment voir à quinze cents mètres, ce sera Jonathan Livingston le Goéland.

Il baissa les yeux vers le sable.

– Au revoir, Jon, au revoir, mon ami.

– Au revoir, Sully, à bientôt donc.

Alors Jonathan se concentra en pensée sur l'image des grands rassemblements de goélands survolant les rivages d'antan et, avec l'assurance que donne l'habitude, il connut une fois encore qu'il n'était pas plume et os mais liberté et espace que rien au monde ne pouvait plus limiter.

Fletcher Lynd le Goéland était très jeune encore et convaincu qu'aucun oiseau n'avait jamais été traité aussi durement que lui ou avec autant d'injustice par aucune communauté.

« Peu m'importe ce qu'ils disent », pensait-il, farouche, et sa vue se brouillait de larmes cependant qu'il volait vers les Falaises lointaines. « Le vol, c'est tellement autre chose que de sautiller d'un point à un autre en battant des ailes ! Peuh ! Un moustique peut le faire. Un seul petit tonneau bien barriqué autour d'un Ancien, pour rire un brin, et me voilà réduit à la condition d'exclu. Sont-ils aveugles ? Sont-ils incapables de penser à la gloire que ce serait pour nous que d'apprendre vraiment à voler ? Je n'ai cure de ce qu'ils pensent. Je leur montrerai ce que c'est que voler ! Je serai un vrai hors-la-loi si c'est là ce qu'ils cherchent et je leur ferai regretter... »

C'est alors que la voix s'insinua en lui et, bien qu'elle fût très douce, elle le fit sursauter si violemment qu'il perdit l'équilibre.

– Ne les juge pas trop sévèrement, Fletcher le Goéland. En te rejetant, les autres goélands n'ont fait de tort qu'à eux-mêmes et un jour ils le comprendront, et un jour ils verront ce que tu vois. Pardonne-leur et aide-les à y parvenir.

À deux centimètres du plan droit de Fletcher volait le plus étincelant de tous les goélands blancs du monde. Il glissait dans les airs sans effort apparent, sans mouvoir une seule plume, avec une vitesse proche de la vitesse limite de Fletcher.

Il y eut chez le jeune oiseau un instant de stupeur totale.

– Que se passe-t-il ? Que se passe-t-il ? Suis-je fou ? Suis-je mort ? et que vois-je ?

Basse et calme, dans sa pensée en quête d'une réponse, la voix interrogea :

– Fletcher Lynd le Goéland, veux-tu voler ?

– *Oui, je veux voler !*

– Fletcher Lynd le Goéland, veux-tu voler au point d'oublier les tiens et apprendre, puis revenir un jour vers eux les aider ?

Aussi blessé dans son orgueil que fût Fletcher le Goéland, il ne pouvait mentir à cet être magnifique.

– Oui, je le veux, murmura-t-il.

- Alors, Fletcher, lui dit l'être éblouissant dont la voix était empreinte de bonté, commençons par le vol en palier...

Troisième partie

Jonathan, attentif, décrivant des cercles, survolait lentement les Falaises lointaines. En tant qu'élève, ce rude gaillard de Fletcher approchait de très près l'idéal. Il était puissant et léger et il volait vite, mais mieux encore il avait le feu sacré.

En cette minute même il arrivait, forme ronflante, grise et floue, frôlant son moniteur à deux cent vingt kilomètres à l'heure. Ensuite, sans ralentir, il s'arrachait au piqué pour tenter de tourner un tonneau lent vertical à seize facettes, tout en les comptant à haute voix :

– ...huit... neuf... dix... vous voyez, Jonathan – aïe ! –, je n'ai plus de vitesse... onze... ah ! je voudrais bien arriver à faire de bons arrêts bien nets pareils aux vôtres !... douze... sacrebleu ! j'y-arriverai-pas... treize... oh !... ces trois dernières facettes !... quatorze... aaakk !

Le décrochage en coup de fouet, au faîte de sa trajectoire ascendante, mit le comble à sa rage d'avoir échoué. Il culbuta à la renverse, tomba, repartit brutalement en vrille sur le dos et, haletant, finit par reprendre le contrôle de la situation à une trentaine de mètres au-dessous du niveau du maître.

– Vous perdez votre temps avec moi, Jonathan, je suis trop borné ! Je suis trop stupide ! J'essaie, j'essaie, mais je ne réussirai jamais !

Jonathan hocha la tête en abaissant vers lui son regard.

– Une chose en tout cas est certaine, jamais tu n'y parviendras tant que tu feras des ressources aussi brutales. Mon petit Fletcher, tu perds ainsi au départ soixante kilomètres à l'heure ! Souplesse ! Fermeté mais souplesse ! Compris ?

Il descendit rejoindre le jeune goéland.

– Essayons maintenant ensemble, en formation. Accompagne bien ma ressource. Vois comment nous amorçons la manœuvre en douceur...

Au bout de trois mois, Jonathan avait six autres élèves, tous des exclus, tous intéressés par cette étrange notion nouvelle du vol pour la joie de voler. Pourtant, il leur était plus aisé de réussir de hautes performances que de comprendre la raison profonde pour laquelle ils les réalisaient.

– Chacun de nous, en vérité, est une idée du Grand Goéland, une image illimitée de la liberté, leur expliquait Jonathan lors de leurs réunions du soir sur la plage. Le vol de précision n'est qu'un pas de plus franchi dans l'expression de notre vraie nature. Tout ce qui nous limite, nous devons l'éliminer. C'est le pourquoi de tout cet entraînement aux vols à haute vitesse et aux acrobaties aériennes...

Ses élèves, épuisés par les vols de la journée, sommeillaient. Ils aimaient l'entraînement à cause de la vitesse, parce que c'était grisant et que cela leur permettait aussi d'étancher une soif de savoir qui grandissait à chaque leçon. Mais aucun d'entre eux, pas même Fletcher Lynd le Goéland, n'était parvenu à admettre que le vol des idées pût être aussi réel que celui de la plume et du vent.

– Votre corps, d'une extrémité d'aile à l'autre, disait parfois Jonathan, n'existe que dans votre pensée, qui lui donne une forme palpable. Brisez les chaînes de vos pensées et vous briserez aussi les chaînes qui retiennent votre corps prisonnier...

Mais quelle que fût sa façon de leur dire, ce n'était pour eux que l'expression de quelque plaisante construction de l'esprit et le besoin de dormir prenait vite le dessus.

À peine un mois passé, Jonathan leur fit savoir que le moment était venu de s'en retourner tous vers le clan.

– Nous ne sommes pas prêts ! objecta Henry Calvin le Goéland. Nous serons mal reçus ! Nous sommes des exclus ! Comment pouvons-nous aller là où nous ne sommes pas les bienvenus ?

– Nous sommes libres d'aller où bon nous semble et d'être ce que nous sommes, répondit Jonathan en décollant du sable et mettant le cap à l'est vers les territoires du clan.

Une brève angoisse étreignit ses élèves car, selon la loi du clan, un exclu ne doit jamais revenir au sein du groupe et jamais, en dix mille ans, cette loi n'avait été transgressée. La loi leur ordonnait de rester ; Jonathan leur demandait de l'accompagner là-bas. Il volait déjà à quinze cents mètres du rivage. S'ils hésitaient plus longtemps à le suivre, il allait devoir affronter, seul, une communauté hostile.

– Ma foi, après tout, si nous n'appartenons pas à la communauté, pourquoi obéir à sa loi ? dit Fletcher embarrassé. En outre, s'il y a bataille, nous serons plus utiles là-bas qu'ici...

Ils arrivèrent donc de l'ouest, ce matin-là, formés en double losange de parade, rémiges encastrées. À deux cents kilomètres à l'heure, ils survolèrent la plage du Conseil du clan ; Jonathan en tête, Fletcher à son aile droite, Henry Calvin luttant crânement pour maintenir sa position à gauche. Puis toute la formation passa lentement sur le dos, par la droite, comme un seul et unique oiseau... puis redressa... puis roula une seconde fois... puis à nouveau revint en palier, tandis que le vent les fouettait tous.

Le passage de la formation trancha aussi net qu'un couteau géant les couacs et les cris rauques de la vie quotidienne communautaire et quatre mille paires d'yeux écarquillés de goélands se mirent à les observer. Un à un, chacun des huit intrus décrivit un looping serré qui s'acheva en fin de boucle sur le sable par un atterrissage de précision, pattes tendues, parfaitement amorti. Puis, comme si ce genre d'exercice appartenait à la routine, Jonathan le Goéland entreprit la critique du vol effectué.

– Tout d'abord, dit-il avec un sourire narquois, vous avez tous un peu ramé au rassemblement...

La nouvelle se répandit dans la communauté comme une traînée de poudre. Ces oiseaux sont des exclus ! Et ils sont revenus ! Et cela... cela est impensable ! Les prophéties de Fletcher, l'éventualité d'un affrontement, s'évanouirent dans la confusion générale du clan.

– Oui, d'accord, ce sont des exclus, dirent certains parmi les goélands les plus jeunes, mais alors, où ont-ils appris à voler comme cela ?

Le message de l'Ancien mit près d'une heure à faire le tour de la communauté. « Ignorez-les. Tout goéland qui parlera à un exclu sera exclu lui-même. Tout goéland qui regardera un exclu sera en infraction avec la loi du clan. »

Désormais, Jonathan ne vit plus que des dos gris tournés vers lui, mais ne parut pas les remarquer. Il tint ses séances d'entraînement juste au-dessus de la plage du Conseil et pour la première fois poussa ses élèves jusqu'à la limite de leurs possibilités, et même au-delà.

– Martin le Goéland ! s'écriait-il à travers l'espace, tu prétends savoir ce qu'est le vol lent.

Eh bien, tu ne sais rien du tout tant que tu ne m'as pas prouvé le contraire ! *Vole !*

C'est ainsi que le petit Martin William le Goéland, piqué au vif par les sarcasmes de son maître, s'étonnant lui-même, devint le magicien du vol lent. Dans la brise la plus légère, il parvenait à incurver ses rémiges de façon à s'élever, sans un seul battement d'ailes, du sable aux nuages puis à revenir à son point de départ.

Charles-Roland le Goéland se fit porter par les ondes du grand vent de la montagne à plus de sept mille mètres d'altitude et, bleui par le froid de l'air raréfié, redescendit, éberlué et ravi, résolu à monter plus haut encore le lendemain.

De même Fletcher le Goéland, qui plus que tout autre aimait la voltige, réussit son tonneau vertical à seize facettes et le jour suivant le couronna d'un triple déclenché vertical, ses plumes blanches étincelant aux rayons du soleil, au-dessus d'une plage d'où plus d'un œil furtif l'observait.

À toute heure, Jonathan, démontrant, suggérant, insistant, guidant, était là, aux côtés de chacun de ses élèves. Il volait avec eux, de nuit, dans les nuages, dans la tempête, pour l'amour de l'art, tandis que les membres du clan croupissaient misérablement au sol.

Quand le vol était terminé, les élèves se détendaient sur le sable et, avec le temps, écoutaient désormais Jonathan plus attentivement. Il énonçait bien encore quelques idées folles qu'ils ne parvenaient pas à saisir mais aussi quelques-unes, excellentes, qui étaient à leur portée.

Petit à petit, la nuit, un second cercle commença à se former autour de celui des élèves – un cercle de goélands curieux, attentifs, debout dans l'obscurité des heures durant, ne souhaitant ni se voir les uns les autres ni être vus, s'éclipsant avant l'aube.

Ce fut un mois après le Grand Retour que le premier goéland du clan passa la ligne de démarcation pour demander à apprendre à voler. Par ce geste, Terrence Lowell le Goéland devint un oiseau condamné, portant le stigmate des Exclus ; et par surcroît, le huitième élève de Jonathan...

La nuit suivante, ce fut Kirk Maynard le Goéland qui arriva du clan, boitillant, traînant son aile gauche sur le sable. Il s'effondra aux pieds de Jonathan.

– Aidez-moi, dit-il très bas, d'une voix agonisante. Plus que n'importe quoi je désire voler !

– Alors viens, dit Jonathan. Monte avec moi bien loin de la Terre, et nous allons tout de suite essayer.

– Mais mon aile ? Vous ne comprenez pas ? Mon aile est paralysée !

– Maynard le Goéland, tu es libre d'être à l'instant toi-même, vraiment toi-même et rien ne saurait t'en empêcher. Ainsi dit la Loi du Grand Goéland, qui est fondamentale.

– Voulez-vous dire que je suis capable de voler quand même ?

– Je dis que tu es libre.

En moins de temps qu'il n'en faut pour l'écrire, Kirk Maynard le Goéland, sans effort apparent, déploya ses ailes et s'enleva dans la

nuit noire. Les goélands du clan furent tirés de leur sommeil par le cri qu'il poussa à deux cents mètres de hauteur, de toute la force de ses poumons.

– Je vole ! Écoutez tous ! Je vole ! *Je vole !*

À l'aube, ils étaient près d'un millier d'oiseaux à faire cercle autour du petit groupe des élèves et ils observaient Maynard avec curiosité. Ils ne se souciaient plus d'être vus ou non et ils écoutèrent Jonathan le Goéland en s'efforçant de le comprendre.

Il parla de choses fort simples, disant qu'il appartient à un goéland de voler, que la liberté est dans la nature même de son être, que tout ce qui entrave cette liberté doit être rejeté, qu'il s'agisse d'un rite, d'une superstition ou d'un quelconque interdit.

– Rejeté ? demanda une voix partant de la multitude. Rejeté, même s'il s'agit en l'occurrence de la Loi du clan ?

– La seule loi digne de ce nom est celle qui montre le chemin de la liberté, dit Jonathan. Il n'en est point d'autre.

– Comment voulez-vous que nous parvenions à voler comme vous le faites ? fit une autre voix. Vous êtes un voilier exceptionnel, comblé de tous les dons et d'essence divine, bien au-dessus de tous les autres oiseaux !

– Regardez Fletcher, et Lowell, et Charles-Roland, et Judy-Lee ! Sont-ils aussi des voiliers exceptionnels comblés de tous les dons et d'essence divine ? Pas plus que vous ne l'êtes, pas plus que je ne le suis. La seule différence est qu'ils ont commencé à comprendre ce qu'ils sont vraiment et qu'ils ont commencé à mettre en œuvre les moyens que la nature leur a accordés.

À l'exception de Fletcher, les élèves de Jonathan se sentaient mal à l'aise, car ils n'avaient pas encore bien compris que c'était là ce qu'ils faisaient eux-mêmes...

Chaque jour s'accroissait la foule de ceux qui venaient poser des questions, ou admirer, ou critiquer.

– On prétend au clan que si vous n'êtes pas le fils du Grand Goéland en personne, dit un matin Fletcher à Jonathan après l'entraînement aux vitesses de pointe, alors vous êtes mille années en avance sur votre temps.

Jonathan soupira. « C'est cela le prix du malentendu, pensa-t-il. Il fait de vous un démon ou il vous proclame dieu. »

– Qu'en penses-tu, Fletch ? Sommes-nous en avance sur notre temps ?

Long silence.

– Bah, cette façon de voler a toujours été là, à la portée de tous, prête à être apprise par quiconque la voulait découvrir ; cela n'a rien à voir avec notre temps. Tout au plus sommes-nous peut-être en avance sur une mode, en avance sur la façon de voler de la plupart des goélands.

– C'est déjà quelque chose, dit Jonathan en effectuant un tonneau qui fit un instant miroiter son ventre. C'est même beaucoup mieux que d'être en avance sur notre temps.

L'accident se produisit tout juste une semaine après cet entretien. Fletcher exposait les notions élémentaires du vol aux vitesses critiques à un petit groupe d'élèves nouveaux. Il venait à peine de sortir d'un piqué de deux mille mètres et il passait, comme un long éclair gris, à quelques centimètres au-dessus de la plage lorsqu'un bébé-oiseau, qui n'en était qu'à son premier vol, traversa sa route, appelant sa mère. Ne disposant que d'une fraction de seconde pour éviter l'oisillon, Fletcher Lynd le Goéland vint percuter sur sa gauche, à plus de trois cents kilomètres à l'heure, contre un rocher de granit.

Pour lui, ce fut comme si ce roc était la porte massive et solide s'ouvrant brutalement sur un autre monde. Un sursaut d'effroi, le choc et le noir au moment de l'impact, puis il se retrouva dérivant dans un très étrange ciel, sans mémoire, se ressouvenant, puis oubliant à nouveau, angoissé, triste et aussi navré, terriblement navré...

La voix se fit alors entendre en lui comme elle s'y était fait entendre le jour de sa première rencontre avec Jonathan Livingston le Goéland.

– La bonne méthode, mon cher Fletcher, consiste à n'essayer de transcender nos limites que l'une après l'autre, avec patience. Nous ne devions nous attaquer à l'étude du vol à travers le roc qu'après avoir avancé encore un peu dans notre programme...

– Jonathan !

– ... également connu en tant que fils du Grand Goéland, répondit son maître avec un humour froid.

– Mais que faisons-nous ici ? Le rocher ! N'ai-je pas... ne suis-je pas... mort ?

– Oh ! voyons, Fletch, réfléchis ! Si tu es maintenant en train de me parler, alors de toute évidence tu n'es pas mort. Ce que tu as réussi à faire, c'est de sauter, d'une manière assez brusque j'en conviens, d'un niveau de connaissances à un autre. Tu as, à présent, le choix. Tu peux demeurer où tu te trouves et poursuivre ton étude à ce niveau qui – soit dit en passant – est considérablement au-dessus de celui que tu as quitté, ou bien tu peux revenir en arrière et continuer de travailler avec le clan. Les Anciens souhaitaient voir se produire quelque désastre et ils sont enchantés de constater que tu as si bien comblé leurs vœux.

– Je veux retourner vers le clan, bien sûr, j'ai à peine commencé à entraîner ma nouvelle classe !

– Fort bien ! Fletcher, tu comprends maintenant ce que je voulais dire à propos du corps qui n'est rien d'autre qu'un effet de la pensée !

Fletcher, au pied du rocher, remua la tête, déploya ses ailes et ouvrit les yeux au beau milieu du clan tout entier rassemblé. Lorsqu'il bougea pour la première fois, il s'éleva de la foule un grand concert de cris et de grincements de becs.

– Il vit! Lui qui était mort est maintenant vivant!

– Le fils du Grand Goéland! Il l'a touché du bout des ailes! Il l'a ressuscité!

– Non! Il nie, c'est un démon, un *démon*! Un démon venu pour détruire le clan!

Ils étaient quatre mille goélands réunis, effarés par ce qui venait d'arriver et le cri de *démon* les secoua comme un vent de tempête. Becs aiguisés pointés, yeux exorbités, ils s'approchèrent, prêts à déchirer.

– Te sentirais-tu mieux, Fletch, si nous partions d'ici? s'enquit Jonathan avec sollicitude.

– Je n'y verrais certes aucune objection...

Instantanément, ils réapparurent ensemble à un kilomètre de là et les becs meurtriers de la foule se refermèrent sur le vide.

– Comment se fait-il, fit observer Jonathan, rêveur, que la chose la plus difficile au monde soit de convaincre un oiseau de ce qu'il est libre et de ce qu'il peut s'en convaincre aisément s'il consacre une partie de son temps à s'y exercer? Pourquoi faut-il que cela soit si difficile?

Les paupières de Fletcher battaient encore, ses yeux s'ajustant au nouveau décor...

– Par quelle magie avons-nous été transportés ici?

– Tu as voulu échapper à ces imbéciles, n'est-il pas vrai ?

– Oui, mais comment avez-vous...

– Il en va de cela comme de toute autre chose, Fletcher : question d'entraînement.

La matinée ne s'était pas écoulée que le clan avait déjà oublié sa crise de démence mais Fletcher, lui, n'avait pas oublié.

– Vous souvenez-vous, Jonathan, de ce que vous avez dit il y a bien longtemps à propos de votre amour de la communauté, assez fort pour vous pousser à retourner vers elle, l'aider à apprendre ?

– Oui, bien sûr.

– Je ne comprends pas comment vous faites pour aimer cette racaille à plumes qui vient tout juste de tenter de vous tuer.

– Oh ! Fletch, ce n'est pas cela qu'il s'agit d'aimer ! Tu n'aimes ni la haine, ni le mal, c'est évident. Il faut t'efforcer de voir le Goéland véritable – celui qui est bon – en chacun de tes semblables et l'aider à le découvrir en lui-même. C'est là ce que j'entends par amour. C'est au fond un bon tour à leur jouer lorsqu'on sait s'y prendre. Je me souviens par exemple d'un jeune oiseau intraitable. Il s'appelait Fletcher Lynd le Goéland, exclu de fraîche date. Prêt à lutter à mort contre le clan, il commençait à bâtir sur les Falaises lointaines son propre enfer d'amertume, et le voici aujourd'hui, échafaudant son propre paradis, qui va mener vers ce paradis toute la communauté...

Fletcher se tourna vers son maître et dans son œil passa une lueur d'effroi.

– Moi, guider autrui ? Que voulez-vous dire en parlant de faire de moi le guide ? Ici, c'est vous. Vous n'avez pas le droit de partir !

– Ah ! vraiment ? Ne penses-tu pas qu'il puisse y avoir d'autres clans, d'autres Fletcher qui, plus que ce clan-là et que ce Fletcher-ci, ont besoin d'un maître capable de les guider vers la lumière ?

– Moi ? Mais, Jon, je ne suis qu'un goéland quelconque alors que vous êtes...

– ... le Fils Unique du Grand Goéland, je suppose ? soupira Jonathan en contemplant la mer. Tu n'as plus besoin de moi. Ce qu'il te faut désormais, c'est continuer de découvrir par toi-même, chaque jour un peu plus, le véritable et illimité Fletcher le Goéland qui est en toi. C'est lui qui est ton maître. Il te faut le comprendre et l'exercer.

À cet instant même, le corps de Jonathan se mit à vaciller, comme vibrant dans les airs, puis devint progressivement transparent...

– Ne les laisse pas répandre sur mon compte des bruits absurdes ou faire de moi un dieu. D'accord, Fletcher ? Tu sais, je ne suis qu'un goéland qui aime voler, pas plus...

– Jonathan !

– Pauvre Fletcher, ne te fie pas à tes yeux, mon vieux. Tout ce qu'ils te montrent, ce sont des limites, les tiennes. Regarde avec ton esprit, découvre ce dont d'ores et déjà tu as la conviction et tu trouveras la voie de l'envol...

L'éblouissement s'éteignit. Jonathan le Goéland s'était évanoui dans l'espace.

Fletcher le Goéland se hissa dans le ciel face à un groupe d'élèves nouveaux, impatients de prendre leur première leçon.

– Tout d'abord, leur dit-il en appuyant sur les mots, il vous faut comprendre que le goéland n'est que l'image d'une liberté sans limites créée par le Grand Goéland et que votre corps perceptible, d'un bout d'aile à l'autre, n'existe que dans votre conscience !

Les jeunes goélands ne purent s'empêcher d'échanger des regards sceptiques. « Eh bien, alors, pensaient-ils, cela ne ressemble guère à un exposé sur les règles à observer pour réussir un looping. »

Fletcher comprit, soupira et reprit :

– Hum ! Ah !... fort bien, dit-il en les observant d'un œil critique. Commençons par le vol à l'horizontale.

Et, en disant ces mots, il comprit soudain toute l'honnêteté de son ami lorsqu'il se défendait de n'être pas plus d'essence divine que lui, Fletcher, ne l'était.

« Sans limites, Jonathan ? pensa-t-il. Le temps alors n'est pas très éloigné où je vais pouvoir apparaître dans l'air impalpable de ta plage à toi, et te sortir à propos de voltige un ou deux bons petits tours de mon sac ! »

Et encore qu'il s'efforçât de se donner l'air sévère qu'il convient à un moniteur de prendre en présence d'élèves, Fletcher le Goéland les vit tout à coup, l'espace d'un instant, tels qu'ils étaient et ce ne fut point de l'affection mais un amour profond qu'il ressentit pour eux. « Tu as raison, Jonathan, il n'y a pas de limites », se dit-il avec le sourire.

C'est ainsi que Fletcher s'engagea sur la route qui menait à la sagesse...

2

Achevé d'imprimer en Allemagne (Pössneck) par GGP
en janvier 2006 pour le compte de E.J.L.
87, quai Panhard-et-Levassor, 75013 Paris
Dépôt légal janvier 2006
1er dépôt légal dans la collection : février 1994

Diffusion France et étranger : Flammarion